YES WE CAN

Discours de Barack Obama,
candidat à la présidence des États-Unis,
à Nashua (New Hampshire),
le 8 janvier 2008

suivi de

NOUS SURMONTERONS NOS DIFFICULTÉS

Discours d'investiture à la présidence
des États-Unis de Franklin D. Roosevelt,
à Washington, le 4 mars 1933

Éditions Points

Conseiller littéraire : Ulysse Korolitski

L'éditeur tient à remercier Christophe Bataille
pour son aimable contribution.

Sources :
Pour le texte de F. D. Roosevelt : *The Roosevelt Reader, selected speeches*

ISBN 978-2-7578-1500-7

Sommaire

« Yes we can »

Discours de Barack Obama,
candidat à la présidence des États-Unis,
à Nashua (New Hampshire),
le 8 janvier 2008

Juriste de formation, Barack Obama est, depuis Jesse Jackson, le seul responsable politique afro-américain à accéder à la course finale vers l'élection présidentielle aux États-Unis. Dans un contexte marqué par la guerre en Irak et par la crise financière, Barack Obama propose un programme de réunification nationale fondé sur l'affirmation de valeurs sociales et politiques ambitieuses. Lutter de façon plus rationnelle et moins autoritaire contre le terrorisme, mettre un frein aux puissances de l'argent et de la finance, combattre les inégalités sociales et raciales, restaurer le prestige moral des États-Unis sont les moyens défendus ici par Barack Obama pour que les Américains redécouvrent qu'ils sont « un seul peuple, une seule nation ». Après avoir battu Hillary Clinton lors des primaires démocrates, il remporte le 4 novembre 2008 l'élection présidentielle face au candidat républicain John McCain.

Barack Obama's speech

I want to congratulate Senator Clinton on a hard-fought victory here in New Hampshire.

A few weeks ago, no one imagined that we'd have accomplished what we did here tonight. For most of this campaign, we were far behind, and we always knew our climb would be steep.

But in record numbers, you came out and spoke up for change. And with your voices and your votes, you made it clear that at this moment – in this election – there is something happening in America.

There is something happening when men and women in Des Moines and Davenport ; in Lebanon and Concord come out in the snows of January to wait in lines that stretch block after block because they believe in what this country can be.

Discours de Barack Obama

Je tiens à féliciter la sénatrice Clinton pour cette victoire qu'elle a âprement disputée ici dans l'État du New Hampshire.

Il y a quelques semaines encore, personne n'imaginait que nous accomplirions ce que nous avons accompli ici ce soir. Longtemps pendant cette campagne, nous avons été loin derrière, et nous avons toujours su que notre remontée serait rude.

Pourtant, vous êtes venus en très grand nombre réclamer le changement. Par vos voix comme par vos votes, vous avez montré qu'à ce moment précis – dans cette élection – il se passait quelque chose en Amérique.

Il se passe quelque chose quand des hommes et des femmes à Des Moines et à Davenport, à Lebanon et à Concord sortent dans la neige de janvier pour former des files interminables parce qu'ils croient en ce que peut être ce pays.

There is something happening when Americans who are young in age and in spirit – who have never before participated in politics – turn out in numbers we've never seen because they know in their hearts that this time must be different.

There is something happening when people vote not just for the party they belong to but the hopes they hold in common – that whether we are rich or poor ; black or white ; Latino or Asian ; whether we hail from Iowa or New Hampshire, Nevada or South Carolina, we are ready to take this country in a fundamentally new direction. That is what's happening in America right now.

Change is what's happening in America.

You can be the new majority who can lead this nation out of a long political darkness – Democrats, Independents and Republicans who are tired of the division and distraction that has clouded Washington ; who know that we can disagree without being disagreeable ; who understand that if we mobilize our voices to challenge the money and influence that's stood in our

Il se passe quelque chose quand des Américains, jeunes d'âge et d'esprit, qui n'ont encore jamais pris part à la politique, se manifestent dans des proportions jamais vues parce qu'ils savent dans leurs cœurs que, cette fois-ci, il faut que ce soit différent.

Il se passe quelque chose quand les gens ne votent plus seulement pour le parti auquel ils appartiennent mais pour les espoirs qu'ils portent en commun. Que l'on soit riche ou pauvre, noir ou blanc, latino ou asiatique, que l'on vienne de l'Iowa ou du New Hampshire, du Nevada ou de la Caroline du Sud, nous sommes prêts à engager ce pays dans une direction fondamentalement nouvelle. Voilà ce qui est en train de se passer en Amérique. Le changement est en marche en Amérique.

Vous pouvez devenir la nouvelle majorité capable de sortir cette nation d'une longue obscurité politique. Vous êtes démocrates, indépendants ou républicains, vous êtes las de la division et de la désinvolture qui ont assombri Washington, vous êtes conscients que l'on peut manifester son déplaisir sans se montrer déplaisant. Soyez assurés que, si nous mobilisons nos voix pour défier la puissance de l'argent qui encombre notre

way and challenge ourselves to reach for something better, there's no problem we can't solve – no destiny we cannot fulfill.

Our new American majority can end the outrage of unaffordable, unavailable health care in our time. We can bring doctors and patients ; workers and businesses, Democrats and Republicans together ; and we can tell the drug and insurance industry that while they'll get a seat at the table, they don't get to buy every chair. Not this time. Not now.

Our new majority can end the tax breaks for corporations that ship our jobs overseas and put a middle-class tax cut into the pockets of the working Americans who deserve it.

We can stop sending our children to schools with corridors of shame and start putting them on a pathway to success. We can stop talking about how great teachers are and start

chemin et pour exiger quelque chose de meilleur, aucun problème ne nous demeurera insoluble, aucun destin irréalisable.

Notre nouvelle majorité américaine peut mettre un terme au scandale du service de santé exorbitant et inaccessible qui prévaut aujourd'hui. Nous pouvons rassembler médecins et patients, travailleurs et entreprises, démocrates et républicains ; et nous pouvons dire à l'industrie pharmaceutique et aux compagnies d'assurance que s'ils auront un siège à la table des négociations, il est hors de question qu'ils les achètent tous. Pas cette fois-ci. Pas à présent.

Notre nouvelle majorité peut supprimer les avantages fiscaux accordés aux entreprises qui expédient nos emplois à l'étranger et réduire les impôts des classes moyennes pour renflouer les poches des travailleurs américains qui le méritent.

Nous pouvons cesser d'envoyer nos enfants dans des écoles où les couloirs sont ceux de la honte pour leur faire prendre le chemin de la réussite. Nous pouvons arrêter de discourir sur la grande valeur de nos enseignants et commencer

rewarding them for their greatness. We can do this with our new majority.

We can harness the ingenuity of farmers and scientists ; citizens and entrepreneurs to free this nation from the tyranny of oil and save our planet from a point of no return.

And when I am President, we will end this war in Iraq and bring our troops home ; we will finish the job against al Qaeda in Afghanistan ; we will care for our veterans ; we will restore our moral standing in the world ; and we will never use 9/11 as a way to scare up votes, because it is not a tactic to win an election, it is a challenge that should unite America and the world against the common threats of the twenty-first century : terrorism and nuclear weapons ; climate change and poverty ; genocide and disease.

à les rémunérer pour ce qu'ils valent. Nous pouvons faire cela avec notre nouvelle majorité.

Nous pouvons exploiter l'ingéniosité de nos agriculteurs et celle de nos scientifiques, de nos citoyens et de nos entrepreneurs afin de libérer cette nation de la tyrannie du pétrole et sauver notre planète d'un point de non-retour.

Et quand je serai président, nous mettrons un terme à cette guerre en Irak et nous rapatrierons nos troupes. Nous mènerons à bien notre combat contre Al-Qaeda en Afghanistan. Nous prendrons soin de nos anciens combattants. Nous restaurerons le prestige moral de notre pays dans le monde. Et jamais nous n'agiterons l'épouvantail du 11 Septembre pour attirer les votes par la peur, parce que ce n'est pas une tactique pour gagner une élection, mais un défi qui devrait unir l'Amérique et le monde contre les menaces du vingt-et-unième siècle qui pèsent sur nous tous : le terrorisme et les armes nucléaires, le changement climatique et la pauvreté, les génocides et les maladies.

All of the candidates in this race share these goals. All have good ideas. And all are patriots who serve this country honorably.

But the reason our campaign has always been different is because it's not just about what I will do as President, it's also about what you, the people who love this country, can do to change it.

That's why tonight belongs to you. It belongs to the organizers and the volunteers and the staff who believed in our improbable journey and rallied so many others to join.

We know the battle ahead will be long, but always remember that no matter what obstacles stand in our way, nothing can withstand the power of millions of voices calling for change.

We have been told we cannot do this by a chorus of cynics who will only grow louder and more dissonant in the weeks to come. We've been asked to pause for a reality check.

Tous les candidats qui participent à cette course partagent ces objectifs. Tous ont de bonnes idées. Et tous sont des patriotes qui servent avec honneur leur pays.

Mais la raison pour laquelle notre campagne a toujours été différente, c'est qu'elle ne se contente pas d'annoncer ce que je ferai en tant que président, elle parle aussi de ce que vous, les gens qui aimez ce pays, pouvez faire pour le changer.

C'est pourquoi cette soirée vous appartient. Elle appartient aux organisateurs, aux volontaires et à toute l'équipe qui ont cru en notre parcours improbable et en ont rallié tant d'autres à notre cause.

Nous savons que la bataille qui nous attend sera longue, mais rappelons-nous sans cesse que, quels que soient les obstacles qui se dressent sur notre chemin, rien ne peut résister au pouvoir de millions de voix qui réclament le changement.

Nous nous sommes laissé dire, par un chœur de cyniques qui ne feront que s'exprimer avec plus de force et de dissonance dans les semaines à venir, que cela nous serait impossible. On nous a demandé de faire le point pour vérifier la réalité de ce que nous avançons. On nous

We've been warned against offering the people of this nation false hope.

But in the unlikely story that is America, there has never been anything false about hope. For when we have faced down impossible odds ; when we've been told that we're not ready, or that we shouldn't try, or that we can't, generations of Americans have responded with a simple creed that sums up the spirit of a people.

Yes we can.

It was a creed written into the founding documents that declared the destiny of a nation.

Yes we can.

It was whispered by slaves and abolitionists as they blazed a trail toward freedom through the darkest of nights.

Yes we can.

It was sung by immigrants as they struck out from distant shores and pioneers who pushed westward against an unforgiving wilderness.

Yes we can.

a mis en garde de ne pas servir de faux espoirs au peuple de ce pays.

Mais dans l'invraisemblable histoire que constitue l'Amérique, jamais aucune fausseté n'a entaché l'espoir. Car lorsque nous avons surmonté des épreuves qui paraissaient insurmontables, lorsqu'on nous a dit que nous n'étions pas prêts, ou qu'il ne fallait pas essayer, ou que nous ne pouvions pas, des générations d'Américains ont répondu par un simple credo qui résume l'esprit d'un peuple.

Oui, nous pouvons.

Ce credo a été inscrit dans les documents fondateurs qui déclaraient la destinée d'une nation.

Oui, nous pouvons.

Il a été murmuré par les esclaves et les abolitionnistes quand ils ont ouvert une voie de lumière vers la liberté dans la plus ténébreuse des nuits.

Oui, nous pouvons.

Il a été chanté par les immigrants qui quittaient de lointains rivages et par les pionniers qui progressaient vers l'Ouest en dépit d'une nature hostile impitoyable.

Oui, nous pouvons.

It was the call of workers who organized ; women who reached for the ballot ; a President who chose the moon as our new frontier ; and a King who took us to the mountaintop and pointed the way to the Promised Land.

Yes we can to justice and equality. Yes we can to opportunity and prosperity. Yes we can heal this nation. Yes we can repair this world.

Yes we can.

And so tomorrow, as we take this campaign South and West ; as we learn that the struggles of the textile worker in Spartanburg are not so different than the plight of the dishwasher in Las Vegas ; that the hopes of the little girl who goes to a crumbling school in Dillon are the same as the dreams of the boy who learns on the streets of LA ; we will remember that there is something happening in America ; that we are not

Il a été l'appel des travailleurs qui se syndiquaient, des femmes qui luttaient pour le droit de vote, d'un président qui fit de la lune notre nouvelle frontière et d'un King[1] qui nous a conduits au sommet de la montagne pour nous montrer le chemin vers la Terre promise.

Oui, nous pouvons la justice et l'égalité. Oui, nous pouvons les chances et la prospérité. Oui, nous pouvons guérir cette nation. Oui, nous pouvons réparer ce monde.

Oui, nous pouvons.

Alors demain, en portant cette campagne au Sud et à l'Ouest, en apprenant que les luttes des ouvriers du textile à Spartanburg ne sont pas si éloignées des difficultés de ceux qui font la plonge à Las Vegas, que les espoirs de la petite fille dans une école qui tombe en ruine à Dillon sont identiques aux rêves du garçon qui fait son apprentissage à l'école de la rue à Los Angeles, nous nous rappellerons qu'il se passe quelque chose en Amérique, que nous ne sommes pas

1. Jeu de mots sur *king* (roi) et Martin Luther King. (N.d.T.)

as divided as our politics suggests ; that we are one people ; we are one nation ; and together, we will begin the next great chapter in America's story with three words that will ring from coast to coast ; from sea to shining sea –

Yes. We. Can.

aussi divisés que notre politique nous le laisse croire, que nous sommes un seul peuple, une seule nation, et ensemble, nous entamerons le prochain grand chapitre de l'histoire de l'Amérique par trois mots qui retentiront d'une côte à l'autre, d'un océan radieux à l'autre[1]...

Oui. Nous. Pouvons.

Traduit de l'anglais par Pascale Haas

---

1. Obama reprend ici un vers du célèbre chant patriotique américain, *America the Beautiful*, écrit par Katharine Lee Bates en 1893. (N.d.T.)

Chronologie*

4 août 1961 : naissance à Honolulu.

1967 : après le divorce de ses parents, déménage avec sa mère à Djakarta, en Indonésie.

1971 : retour à Honolulu, chez ses grands-parents maternels (1971-1977).

1981-1983 : études à l'université de Columbia, à New York ; il y obtient deux diplômes, en sciences politiques et en relations internationales.

1984 : analyste financier du groupe *Business International Corporation*.

1985 : départ pour Chicago, où il est recruté par le *Projet de développement communautaire* (*Developing Communities Project*), qui aide, par un programme de solidarité et de formation, les victimes de la crise des années 80.

1988 : admis à l'université de Harvard.

1990 : élu rédacteur en chef de la prestigieuse *Harvard Law Review*.

---

* Les événements historiques sont présentés en italique.

1996 : élu au Sénat de l'État de l'Illinois, 13e district.

1998 : réélu au Sénat de l'État de l'Illinois, 13e district.

2000 : échec de sa tentative de devenir représentant de l'Illinois au Congrès.

11 septembre 2001 : *attentats contre le World Trade Center.*

Octobre 2001 : *début de la guerre en Afghanistan.*

2002 : discours contre la guerre en Irak.

2003 : *début de la guerre en Irak.*

2004 : discours très remarqué à la Convention nationale démocrate pour l'investiture de John Kerry.

2004 : élu sénateur de l'Illinois au Sénat fédéral.

Février 2007 : déclaration de sa candidature à l'élection présidentielle.

Août 2007 : *début de la crise financière internationale liée aux* subprimes.

4 janvier 2008 : large victoire, au début des primaires, dans l'Iowa.

8 janvier 2008 : discours à Nashua : « Yes we can ».

18 mars 2008 : discours de Philadelphie sur la question raciale aux États-Unis.

27 août 2008 : investiture officielle comme candidat démocrate à l'élection présidentielle, à Denver.

15 septembre 2008 : *faillite de la banque d'affaires Lehman Brothers.*

4 novembre 2008 : élu quarante-quatrième président des États-Unis.

20 janvier 2009 : entrée en fonction.

« Nous surmonterons nos difficultés »

Discours d'investiture à la présidence des États-Unis de Franklin D. Roosevelt, à Washington, le 4 mars 1933

Cousin de l'ancien président républicain Théodore Roosevelt, Franklin Delano Roosevelt est élu président au beau milieu de la crise qui a éclaté en 1929. En 1932, des centaines de banques américaines ont fait faillite, les États-Unis comptent plus de 12 millions de chômeurs, les épargnants sont ruinés, tout comme les ouvriers, les classes moyennes et les paysans. Face à ce désastre, Roosevelt propose une « nouvelle donne », un « New Deal » : assainir le système bancaire, limiter la production agricole, réguler le monde économique, assurer une certaine protection sociale. Il s'agit, en somme, de rompre avec la passivité de son prédécesseur, Herbert Hoover, par une politique volontariste. Premiers pas de la version américaine de l'« État-Providence », le « New Deal » est aussi une tentative de réunification nationale autour d'un projet social, économique et politique.

Franklin D. Roosevelt's speech

President Hoover, Mr. Chief Justice, my friends.

This is a day of national consecration, and I am certain that my fellow Americans expect that on my induction into the Presidency I will address them with a candor and a decision which the present situation of our Nation impels. This is preeminently the time to speak the truth, the whole truth, frankly and boldly. Nor need we shrink from honestly facing conditions in our country today. This great Nation will endure as it has endured, will revive and will prosper. So, first of all, let me assert my firm belief that the only thing we have to fear is fear itself – nameless, unreasoning, unjustified

Discours de Franklin D. Roosevelt

Monsieur le Président Hoover, monsieur le Président de la Cour suprême, mes amis.

En ce jour de consécration nationale, je suis certain que mes concitoyens attendent qu'à l'occasion de mon investiture à la présidence je m'adresse à eux avec la sincérité et la résolution que réclame la situation présente de notre nation. C'est avant tout le moment de dire la vérité, toute la vérité, avec franchise et hardiesse. Nous ne devons pas craindre non plus de faire face honnêtement aux conditions qui sont celles de notre pays aujourd'hui. Cette grande nation supportera les moments difficiles comme elle l'a toujours fait, elle revivra et elle prospérera. Aussi permettez-moi tout d'abord d'affirmer ma conviction profonde que la seule chose dont il nous faut avoir peur, c'est de la peur elle-même – cette peur inexprimable,

terror which paralyzes needed efforts to convert retreat into advance. In every dark hour of our national life a leadership of frankness and vigor has met with that understanding and support of the people themselves which is essential to victory. I am convinced that you will again give that support to leadership in these critical days.

In such a spirit on my part and on yours we face our common difficulties. They concern, thank God, only material things. Values have shrunken to fantastic levels ; taxes have risen ; our ability to pay has fallen ; government of all kinds is faced by serious curtailment of income ; the means of exchange are frozen in the currents of trade ; the withered leaves of industrial enterprise lie on every side ; farmers find no markets for their produce ; the savings of many years in thousands of families are gone.

More important, a host of unemployed citizens face the grim problem of existence, and an equally great number toil

irraisonnée et injustifiée qui paralyse les efforts nécessaires à transformer une déroute en une avancée. À chacune des heures sombres de notre histoire nationale, un commandement franc et vigoureux a trouvé auprès du peuple lui-même cette compréhension et ce soutien indispensables à la victoire. Je suis convaincu que vous lui apporterez de nouveau ce soutien dans ces moments difficiles.

Unis vous et moi dans ce même esprit, nous surmonterons nos difficultés communes. Celles-ci ne concernent, Dieu merci, que des choses matérielles. Les valeurs se sont effondrées à des niveaux incroyables, les taxes ont augmenté, notre capacité de paiement a chuté, toute forme de gouvernement est confrontée à une grave réduction de ses revenus, les moyens d'échange sont gelés dans les courants du commerce, les feuilles mortes de l'entreprise industrielle gisent un peu partout, les paysans ne trouvent pas de marché pour leurs produits et des milliers de familles voient l'épargne de plusieurs années s'envoler.

Plus important, une foule de citoyens sans emploi font face au dur problème de leur survie, et un aussi grand nombre peinent

with little return. Only a foolish optimist can deny the dark realities of the moment.

Yet our distress comes from no failure of substance. We are stricken by no plague of locusts. Compared with the perils which our forefathers conquered because they believed and were not afraid, we have still much to be thankful for. Nature still offers her bounty and human efforts have multiplied it. Plenty is at our doorstep, but a generous use of it languishes in the very sight of the supply. Primarily this is because rulers of the exchange of mankind's goods have failed, through their own stubbornness and their own incompetence, have admitted their failure, and abdicated. Practices of the unscrupulous money changers stand indicted in the court of public opinion, rejected by the hearts and minds of men.

sans recevoir beaucoup en retour. Seul un optimiste ridicule pourrait nier les sombres réalités du moment.

Et pourtant notre détresse ne provient pas d'un manque de substance. Nous ne sommes pas frappés par une invasion de sauterelles. Comparés aux périls que nos ancêtres ont bravés parce qu'ils avaient la foi et ignoraient la peur, nous avons plus d'une raison de nous montrer reconnaissants. La nature continue à nous prodiguer ses richesses et les efforts de l'homme les font fructifier. L'abondance est à nos portes, mais la perspective d'un usage généreux de celle-ci s'amenuise à la seule vue des réserves. Cela s'explique tout d'abord par le fait que les dirigeants qui président aux échanges des biens de l'humanité ont échoué, de par leur propre obstination et leur propre incompétence, et qu'ils ont admis leur échec et abdiqué. Les pratiques des agents de change sans scrupules sont dénoncées devant le tribunal de l'opinion publique, et rejetées par les hommes de toute leur âme.

True, they have tried, but their efforts have been cast in the pattern of an outworn tradition. Faced by failure of credit they have proposed only the lending of more money. Stripped of the lure of profit by which to induce our people to follow their false leadership, they have resorted to exhortations, pleading tearfully for restored confidence. They know only the rules of a generation of self-seekers. They have no vision, and when there is no vision the people perish.

The money changers have fled from their high seats in the temple of our civilization. We may now restore that temple to the ancient truths. The measure of the restoration lies in the extent to which we apply social values more noble than mere monetary profit.

Happiness lies not in the mere possession of money ; it lies in the joy of achievement, in the thrill of creative effort. The joy and moral stimulation of work no longer must be forgotten in the mad chase of evanescent profits. These dark days will be worth all they cost us if they

Il est vrai qu'ils ont essayé d'agir, mais leurs efforts se sont heurtés à une tradition dépassée. Face au manque de crédit, ils n'ont rien proposé d'autre que de prêter davantage d'argent. Privés de l'attrait du profit grâce auquel ils incitaient nos concitoyens à les suivre dans une fausse voie, ils en sont venus aux exhortations, plaidant, la larme à l'œil, que soit rétablie la confiance. Ils ne connaissent que les lois d'une génération d'égoïstes. Ils n'ont aucune vision, or sans une vision les peuples périssent.

Les agents de change ont fui les hauts postes qu'ils occupaient dans le temple de notre civilisation. Nous pouvons désormais rendre ce temple aux vérités anciennes. L'ampleur de ce rétablissement dépendra de l'intensité avec laquelle nous ferons valoir des valeurs sociales plus nobles que le simple profit monétaire.

Le bonheur ne se trouve pas dans la seule possession de biens, il se trouve dans la joie de la réussite, dans le plaisir de l'effort créateur. La joie et la stimulation morale que procure le travail ne doivent plus être oubliées dans la recherche effrénée de profits évanescents. Ces jours sombres vaudront tout ce qu'ils nous auront coûté s'ils

teach us that our true destiny is not to be ministered unto but to minister to ourselves and to our fellow men

Recognition of the falsity of material wealth as the standard of success goes hand in hand with the abandonment of the false belief that public office and high political position are to be valued only by the standards of pride of place and personal profit ; and there must be an end to a conduct in banking and in business which too often has given to a sacred trust the likeness of callous and selfish wrongdoing. Small wonder that confidence languishes, for it thrives only on honesty, on honor, on the sacredness of obligations, on faithful protection, on unselfish performance ; without them it cannot live.

Restoration calls, however, not for changes in ethics alone. This Nation asks for action, and action now.

Our greatest primary task is to put people to work. This is no unsolvable problem if we face it wisely and courageously. It can be accomplished in part by

nous enseignent que notre véritable destinée n'est pas d'être secourus, mais de nous secourir nous-mêmes et nos semblables.

Reconnaître la fausseté de la richesse matérielle comme critère du succès va de pair avec l'abandon de la croyance erronée selon laquelle les responsabilités publiques et les hautes positions politiques n'ont de valeur qu'en fonction de l'honneur et du bénéfice personnel qu'on en tire. Et il faut mettre fin à ce comportement du monde de la banque et des affaires qui a trop souvent donné à une confiance sacrée l'apparence d'un méfait cynique et égoïste. Il n'est guère étonnant que la confiance dépérisse, car celle-ci ne prospère que sur l'honnêteté, l'honneur, le respect des obligations, la protection fidèle et l'exercice altruiste. Sans tout cela, il ne saurait y avoir de confiance.

Le rétablissement n'appelle cependant pas que des changements d'ordre éthique. Cette nation exige de l'action, et de l'action immédiate.

La première de nos grandes tâches consiste à mettre les gens au travail. Ce n'est pas un problème insoluble si nous l'appréhendons avec sagesse et courage. Nous pouvons y parvenir en partie par un

direct recruiting by the Government itself, treating the task as we would treat the emergency of a war, but at the same time, through this employment, accomplishing greatly needed projects to stimulate and reorganize the use of our natural resources.

Hand in hand with this we must frankly recognize the overbalance of population in our industrial centers and, by engaging on a national scale in a redistribution, endeavor to provide a better use of the land for those best fitted for the land. The task can be helped by definite efforts to raise the values of agricultural products and with this the power to purchase the output of our cities. It can be helped by preventing realistically the tragedy of the growing loss through foreclosure of our small homes and our farms. It can be helped by insistence that the Federal, State, and local governments act forthwith on the demand that their cost be drastically reduced.

recrutement direct du gouvernement, en abordant la tâche comme nous le ferions face à l'urgence d'une guerre, ces emplois permettant par la même occasion de réaliser des projets indispensables en vue de stimuler et réorganiser l'utilisation de nos ressources naturelles.

Dans le même temps, nous devons reconnaître ouvertement le déséquilibre de population dont souffrent nos centres industriels et, en nous engageant dans une redistribution à l'échelle nationale, tenter d'assurer un meilleur usage de la terre à ceux qui y sont les plus aptes. Une telle tâche peut être menée à bien par des efforts délibérés en vue d'augmenter la valeur des produits agricoles, et par là même le pouvoir d'acheter ce que produisent nos villes. Elle peut être menée à bien en empêchant de façon concrète la tragédie que représente la disparition croissante pour cause de saisie de nos modestes maisons et de nos fermes. Elle peut être menée à bien en insistant pour que le gouvernement fédéral, l'État et les administrations locales agissent sans délai sur la demande d'une réduction radicale de leurs dépenses.

It can be helped by the unifying of relief activities which today are often scattered, uneconomical, and unequal. It can be helped by national planning for and supervision of all forms of transportation and of communications and other utilities which have a definitely public character. There are many ways in which it can be helped, but it can never be helped merely by talking about it. We must act and act quickly.

Finally, in our progress towards a resumption of work we require two safeguards against a return of the evils of the old order ; there must be a strict supervision of all banking and credits and investments ; there must be an end to speculation with other people's money, and there must be provision for an adequate but sound currency.

These are the lines of attack. I shall presently urge upon a new Congress, in special session, detailed measures for their fulfillment, and I shall seek the immediate assistance of the several States.

Elle peut être menée à bien par l'unification des mesures d'aide sociale qui aujourd'hui sont souvent dispersées, peu rentables et inéquitables. Elle peut être menée à bien par la planification et la supervision à l'échelle nationale de toutes les formes de transports, de communications et de services à caractère éminemment public. Il existe nombre de manières de mener à bien cette tâche, mais jamais elle ne le sera si nous nous contentons d'en parler. Il nous faut agir, et agir vite.

Enfin, dans nos efforts visant à une reprise de l'emploi, nous aurons besoin de deux garanties contre le retour des maux de l'ordre ancien. Il faut un strict contrôle de toutes les activités bancaires, de crédit et d'investissement. Il faut mettre fin à la spéculation avec l'argent des autres, et prendre des dispositions pour mettre en place une monnaie disponible en quantité suffisante mais solide.

Telles sont les lignes d'attaque. Je vais recommander au nouveau Congrès réuni en session extraordinaire les mesures détaillées permettant leur réalisation, et je solliciterai l'assistance immédiate des différents États.

Through this program of action we address ourselves to putting our own national house in order and making income balance outgo. Our international trade relations, though vastly important, are in point of time and necessity secondary to the establishment of a sound national economy. I favor as a practical policy the putting of first things first. I shall spare no effort to restore world trade by international economic readjustment, but the emergency at home cannot wait on that accomplishment.

The basic thought that guides these specific means of national recovery is not narrowly nationalistic. It is the insistence, as a first consideration, upon the interdependence of the various elements in and parts of the United States – a recognition of the old and permanently important manifestation of the American spirit of the pioneer. It is the way to recovery. It is the immediate way. It is the strongest assurance that the recovery will endure.

À travers ce programme d'action, nous nous occupons de mettre en ordre notre demeure nationale et de rééquilibrer nos revenus. Nos relations commerciales internationales, pour importantes qu'elles soient, sont, en termes d'urgence et de nécessité, secondaires à l'établissement d'une économie nationale saine. Je privilégie la méthode politique qui consiste à aller d'abord à l'essentiel. Je n'épargnerai aucun effort pour rétablir le commerce mondial par des réajustements économiques internationaux, mais l'urgence dans notre pays ne saurait attendre.

L'idée fondamentale qui guide ces moyens spécifiques de redressement national n'est pas strictement nationaliste. C'est l'affirmation, en tant que première préoccupation, de l'interdépendance des divers éléments qui composent tout ou partie des États-Unis – la reconnaissance de l'ancienne et toujours prévalente manifestation de l'esprit américain du pionnier. C'est la voie du redressement. C'est la voie directe. C'est la plus solide assurance que ce redressement durera.

In the field of world policy I would dedicate this Nation to the policy of the good neighbor – the neighbor who resolutely respects himself and, because he does so, respects the rights of others – the neighbor who respects his obligations and respects the sanctity of his agreements in and with a world of neighbors.

If I read the temper of our people correctly, we now realize as we have never realized before our interdependence on each other ; that we cannot merely take but we must give as well ; that if we are to go forward, we must move as a trained and loyal army willing to sacrifice for the good of a common discipline, because without such discipline no progress is made, no leadership becomes effective. We are, I know, ready and willing to submit our lives and property to such discipline, because it makes possible a leadership which aims at a larger good. This I propose to offer, pledging that the larger purposes will bind upon us all

Dans le domaine de la politique internationale, j'engagerai ce pays dans une politique de bon voisinage – celle du voisin qui se respecte résolument lui-même et qui, de ce fait, respecte les droits des autres, du voisin qui respecte ses obligations et respecte l'inviolabilité de ses engagements dans et avec un monde de voisins.

Si j'interprète correctement l'état d'esprit de notre peuple, nous nous rendons compte à présent, comme jamais auparavant, de l'interdépendance qui nous lie les uns aux autres ; que nous ne pouvons pas seulement prendre mais que nous devons également donner ; et que si nous voulons aller de l'avant, nous devons avancer comme une armée loyale et entraînée prête à se sacrifier pour le bien d'une discipline commune, car sans une telle discipline aucune avancée n'est possible, aucun commandement ne peut se révéler efficace. Nous sommes, je le sais, prêts et disposés à soumettre nos vies et nos biens à une telle discipline, car elle rend possible un commandement qui vise à un plus grand bien. C'est ce que je propose de vous offrir, la promesse que les plus grands desseins nous réuniront tous

as a sacred obligation with a unity of duty hitherto evoked only in time of armed strife.

With this pledge taken, I assume unhesitatingly the leadership of this great army of our people dedicated to a disciplined attack upon our common problems.

Action in this image and to this end is feasible under the form of government which we have inherited from our ancestors. Our Constitution is so simple and practical that it is possible always to meet extraordinary needs by changes in emphasis and arrangement without loss of essential form. That is why our constitutional system has proved itself the most superbly enduring political mechanism the modern world has produced. It has met every stress of vast expansion of territory, of foreign wars, of bitter internal strife, of world relations.

It is to be hoped that the normal balance of executive and legislative authority may be wholly adequate to meet the unprecedented task before us. But it may be that

comme une obligation sacrée dans une unité du devoir qui n'a été évoquée jusqu'alors qu'en temps de conflit armé.

Cet engagement pris, j'assume sans hésiter le commandement de cette grande armée de nos concitoyens, prête à s'attaquer dans la discipline à nos problèmes communs.

L'action dans cette optique et dans ce but est réalisable sous la forme de gouvernement que nous avons héritée de nos ancêtres. Notre constitution est à ce point simple et pratique qu'il est toujours possible de répondre à des besoins extraordinaires par des changements de priorité et d'agencement sans en perdre la substance essentielle. C'est pourquoi notre système constitutionnel s'est avéré être le mécanisme politique le plus formidablement stable que le monde moderne ait produit. Il a su faire face aux tensions dues à une vaste extension du territoire, aux guerres à l'étranger, à un conflit interne féroce ou aux relations internationales.

Il faut espérer que l'équilibre normal entre les pouvoirs exécutif et législatif soit tout à fait apte à relever la tâche sans précédent qui nous attend. Mais il se peut

an unprecedented demand and need for undelayed action may call for temporary departure from that normal balance of public procedure.

I am prepared under my constitutional duty to recommend the measures that a stricken nation in the midst of a stricken world may require. These measures, or such other measures as the Congress may build out of its experience and wisdom, I shall seek, within my constitutional authority, to bring to speedy adoption.

But in the event that the Congress shall fail to take one of these two courses, and in the event that the national emergency is still critical, I shall not evade the clear course of duty that will then confront me. I shall ask the Congress for the one remaining instrument to meet the crisis – broad Executive power to wage a war against the emergency, as great as the power that would be given to me if we were in fact invaded by a foreign foe.

For the trust reposed in me I will return the courage and the devotion that befit the time. I can do no less.

qu'une exigence sans précédent et le besoin d'une action sans délai nécessitent de s'écarter temporairement de l'équilibre normal de la procédure publique.

Je suis préparé, en vertu de mon devoir constitutionnel, à recommander les mesures que peut exiger une nation éprouvée au sein d'un monde éprouvé. Et je réclamerai, dans les limites de mon pouvoir constitutionnel, de faire adopter rapidement ces mesures, ou d'autres que le Congrès jugera bon d'édicter en raison de son expérience et de sa sagesse.

Mais dans le cas où le Congrès échouerait à s'engager sur l'une de ces deux voies, et où la situation du pays demeurerait critique, je ne me déroberai pas au devoir qui s'imposera alors à moi. Je demanderai au Congrès le seul instrument restant qui permette d'affronter la crise – le pouvoir exécutif élargi afin de mener le combat contre l'urgence, un pouvoir aussi grand que celui qui me serait conféré si nous étions de fait envahis par un ennemi extérieur.

À la confiance qui repose sur moi, je répondrai par le courage et le dévouement qui conviennent en cet instant. C'est le moins que je puisse faire.

We face the arduous days that lie before us in the warm courage of national unity ; with the clear consciousness of seeking old and precious moral values ; with the clean satisfaction that comes from the stern performance of duty by old and young alike. We aim at the assurance of a rounded and permanent national life.

We do not distrust the future of essential democracy. The people of the United States have not failed. In their need they have registered a mandate that they want direct, vigorous action. They have asked for discipline and direction under leadership. They have made me the present instrument of their wishes. In the spirit of the gift I take it.

In this dedication of a Nation we humbly ask the blessing of God. May He protect each and every one of us. May He guide me in the days to come.

Nous faisons face aux jours difficiles qui nous attendent avec le chaleureux courage de l'unité nationale, avec la pleine conscience de rechercher d'anciennes et précieuses valeurs morales, avec la pure satisfaction que donne l'accomplissement sérieux du devoir aussi bien par les jeunes que par les plus âgés. Nous visons à assurer une vie nationale faite d'harmonie et de permanence.

Nous n'avons pas perdu la foi dans l'avenir du principe de démocratie. Le peuple des États-Unis n'a pas démérité. Dans le besoin, il a souscrit à un mandat qui réclame une action directe et vigoureuse. Il a demandé de la discipline et d'être dirigé par un commandement fort. Il m'a fait le présent instrument de sa volonté. C'est dans l'esprit du don que je l'accepte.

Dans ce dévouement à la nation, nous demandons humblement la bénédiction de Dieu. Puisse-t-Il nous protéger tous et chacun d'entre nous. Puisse-t-Il guider mes pas dans les jours à venir.

Traduit de l'anglais par Pascale Haas

Chronologie*

20 janvier 1882 : naissance de Franklin D. Roosevelt, à New York.

1904 : diplômé de Harvard.

1907 : devient avocat à New York, abandonne ses études de droit à l'université de Columbia.

1910 : élu au Sénat de New York, en tant que démocrate, 26e district.

1913 : nommé secrétaire adjoint à la Marine par le Président Wilson (1913-1920).

1920 : échec de sa candidature à la vice-présidence.

1921 : contracte la poliomyélite.

1929 : élu gouverneur de l'État de New York (1929-1933).

24 octobre 1929 : *« jeudi noir » de Wall Street, krach boursier, début de la crise.*

Juillet 1932 : Roosevelt est choisi comme candidat démocrate aux élections présidentielles ; lancement de l'expression « New Deal ».

---

* Les événements historiques sont présentés en italique.

Novembre 1932 : élu trente-deuxième président des États-Unis, à une très large majorité, contre Hoover.

4 mars 1933 : discours d'investiture, reprise de l'idée de « New Deal ».

19 avril 1933 : *abandon de l'étalon-or, dévaluation de 40 % du dollar.*

12 mai 1933 : *Agricultural Adjustement Act, qui incite à la limitation de la production agricole.*

16 juin 1933 : *Banking Act, plan de sauvetage du système bancaire.*

National Industrial Recovery Act, qui établit un salaire minimum, une baisse du temps de travail et une plus grande liberté syndicale.

Mai 1935 : *la Cour suprême déclare le National Industrial Recovery Act anticonstitutionnel.*

Août 1935 : *instauration la Sécurité sociale (assurance-chômage et assurance-vieillesse).*

Janvier 1936 : *la Cour suprême déclare l'Agricultural Adjustement Act anticonstitutionnel.*

Novembre 1936 : très large victoire de Roosevelt à l'élection présidentielle.

Novembre 1940 : nouvelle victoire à l'élection présidentielle.

7 décembre 1941 : *agression japonaise contre Pearl Harbor.*

8 décembre 1941 : *entrée en guerre des États-Unis contre le Japon.*

11 décembre 1941 : *entrée en guerre des États-Unis contre l'Allemagne et l'Italie.*

12 avril 1945 : décès de Franklin D. Roosevelt, d'une hémorragie cérébrale.

LES GRANDS DISCOURS

« Elles sont 300 000 chaque année »
Discours de SIMONE VEIL, pour le droit à l'avortement, 26 novembre 1974
suivi de **« Accéder à la maternité volontaire »**
Discours de LUCIEN NEUWIRTH, 1er juillet 1967

« Vous frappez à tort et à travers »
Discours de FRANÇOIS MITTERRAND et MICHEL ROCARD, 29 avril 1970
suivi de **« L'insécurité est la première des inégalités »**
Allocution de NICOLAS SARKOZY, 18 mars 2009

« Lançons la liberté dans les colonies »
Discours de G. J. DANTON et L. DUFAY, 4 février 1794
suivi de **« La France est un arbre vivant »**
Discours de LÉOPOLD SÉDAR SENGHOR, 29 janvier 1957
et de **« La traite et l'esclavage sont un crime contre l'humanité »**
Discours de CHRISTIANE TAUBIRA-DELANNON, 18 février 1999

« I have a dream »
Discours de **Martin Luther King**, 28 août 1963
suivi de **La Nation et la race**
Conférence d'ERNEST RENAN, 11 mars 1882
Édition bilingue

« Du sang, de la sueur et des larmes »
Discours de WINSTON CHURCHILL, 13 mai et 18 juin 1940
suivi de **L'Appel du 18 juin**
Déclarations du GÉNÉRAL DE GAULLE, 18 et 22 juin 1940
Édition bilingue

« Le mal ne se maintient que par la violence »
Déclaration du MAHATMA GANDHI, 23 mars 1922
suivi de **« La vérité est la seule arme dont nous disposons »**
Discours du DALAÏ LAMA, 10 décembre 1989
Édition bilingue

« Demain vous voterez l'abolition de la peine de mort »
Discours de ROBERT BADINTER, 17 septembre 1981
suivi de **« Je crois qu'il y a lieu de recourir à la peine exemplaire »**
Discours de MAURICE BARRÈS, 3 juillet 1908

RÉALISATION : NORD COMPO À VILLENEUVE-D'ASCQ
IMPRESSION : CPI BRODARD ET TAUPIN À LA FLÈCHE
DÉPÔT LÉGAL : AOÛT 2009. N° 100286 (53577)
Imprimé en France

Collection Points

P2069. Néfertiti dans un champ de canne à sucre
Philippe Jaenada
P2070. Les Brutes, *Philippe Jaenada*
P2071. Milagrosa, *Mercedes Deambrosis*
P2072. Lettre à Jimmy, *Alain Mabanckou*
P2073. Volupté singulière, *A.L. Kennedy*
P2074. Poèmes d'amour de l'Andalousie à la mer Rouge. Poésie amoureuse hébraïque, *Anthologie*
P2075. Quand j'écris je t'aime
suivi de Le Prolifique et Le Dévoreur
W.H. Auden
P2076. Comment éviter l'amour et le mariage
Dan Greenburg, Suzanne O'Malley
P2077. Le Fouet, *Martine Rofinella*
P2078. Cons, *Juan Manuel Prada*
P2079. Légendes de Catherine M., *Jacques Henric*
P2080. Le Beau Sexe des hommes, *Florence Ehnuel*
P2081. G., *John Berger*
P2082. Sombre comme la tombe où repose mon ami
Malcolm Lowry
P2083. Le Pressentiment, *Emmanuel Bove*
P2084. L'Art du roman, *Virginia Woolf*
P2085. Le Clos Lothar, *Stéphane Héaume*
P2086. Mémoires de nègre, *Abdelkader Djemaï*
P2087. Le Passé, *Alan Pauls*
P2088. Bonsoir les choses d'ici-bas, *António Lobo Antunes*
P2089. Les Intermittences de la mort, *José Saramago*
P2090. Même le mal se fait bien, *Michel Folco*
P2091. Samba Triste, *Jean-Paul Delfino*
P2092. La Baie d'Alger, *Louis Gardel*
P2093. Retour au noir, *Patrick Raynal*
P2094. L'Escadron guillotine, *Guillermo Arriaga*
P2095. Le Temps des cendres, *Jorge Volpi*
P2096. Frida Khalo par Frida Khalo. Lettres 1922-1954
Frida Khalo
P2097. Anthologie de la poésie mexicaine, *Claude Beausoleil*
P2098. Les Yeux du dragon, petits poèmes chinois, *Anthologie*
P2099. Seul dans la splendeur, *John Keats*
P2100. Beaux Présents, Belles Absentes, *Georges Perec*
P2101. Les Plus Belles Lettres du professeur Rollin. Ou comment écrire au roi d'Espagne pour lui demander la recette du Gaspacho
François Rollin

P2102. Répertoire des délicatesses du français contemporain
Renaud Camus
P2103. Un lien étroit, *Christine Jordis*
P2104. Les Pays lointains, *Julien Green*
P2105. L'Amérique m'inquiète.
Chroniques de la vie américaine 1
Jean-Paul Dubois
P2106. Moi je viens d'où ? *suivi de* C'est quoi l'intelligence ?
et de E = CM2, *Albert Jacquard, Marie-José Auderset*
P2107. Moi et les autres, initiation à la génétique
Albert Jacquard
P2108. Quand est-ce qu'on arrive ?, *Howard Buten*
P2109. Tendre est la mer, *Philip Plisson, Yann Queffélec*
P2110. Tabarly, *Yann Queffélec*
P2111. Les Hommes à terre, *Bernard Giraudeau*
P2112. Le Phare appelle à lui la tempête et autres poèmes
Malcolm Lowry
P2113. L'Invention des Désirades et autres poèmes
Daniel Maximin
P2114. Antartida, *Francisco Coloane*
P2115. Brefs aperçus sur l'éternel féminin, *Denis Grozdanovitch*
P2116. Le Vol de la mésange, *François Maspero*
P2117. Tordu, *Jonathan Kellerman*
P2118. Flic à Hollywood, *Joseph Wambaugh*
P2119. Ténébreuses, *Karin Alvtegen*
P2120. La Chanson du jardinier. Les Enquêtes de Miss Lalli
Kalpana Swaminathan
P2121. Portrait de l'écrivain en animal domestique
Lydie Salvayre
P2122. In memoriam, *Linda Lê*
P2123. Les Rois écarlates, *Tim Willocks*
P2124. Arrivederci amore, *Massimo Carlotto*
P2125. Les Carnets de monsieur Manatane
Benoît Poelvoorde, Pascal Lebrun
P2126. Guillon aggrave son cas, *Stéphane Guillon*
P2127. Le Manuel du parfait petit masochiste
Dan Greenburg, Marcia Jacobs
P2128. Shakespeare et moi, *Woody Allen*
P2129. Pour en finir une bonne fois pour toutes avec la culture
Woody Allen
P2130. Porno, *Irvine Welsh*
P2131. Jubilee, *Margaret Walker*
P2132. Michael Tolliver est vivant, *Armistead Maupin*
P2133. Le Saule, *Hubert Selby Jr*
P2134. Les Européens, *Henry James*
P2135. Comédie new-yorkaise, *David Schickler*

P2136. Professeur d'abstinence, *Tom Perrotta*
P2137. Haut vol : histoire d'amour, *Peter Carey*
P2138. Le Siffleur, *Laurent Chalumeau*
P2139. La Danseuse de Mao, *Qiu Xiaolong*
P2140. L'Homme délaissé, *C. J. Box*
P2141. Les Jardins de la mort, *George P. Pelecanos*
P2142. Avril rouge, *Santiago Roncagliolo*
P2143. Ma Mère, *Richard Ford*
P2144. Comme une mère, *Karine Reysset*
P2145. Titus d'Enfer. La Trilogie de Gormenghast, 1
Mervyn Peake
P2146. Gormenghast. La Trilogie de Gormenghast, 2
Mervyn Peake
P2147. Au monde.
Ce qu'accoucher veut dire : une sage-femme raconte…
Chantal Birman
P2148. Du plaisir à la dépendance.
Nouvelles thérapies, nouvelles addictions
Michel Lejoyeux
P2149. Carnets d'une longue marche.
Nouvelle marche d'Istanbul à Xi'an
Bernard Ollivier, François Dermaut
P2150. Treize Lunes, *Charles Frazier*
P2151. L'Amour du français.
Contre les puristes et autres censeurs de la langue
Alain Rey
P2152. Le Bout du rouleau, *Richard Ford*
P2153. Belle-sœur, *Patrick Besson*
P2154. Après, Fred Chichin est mort, *Pascale Clark*
P2155. La Leçon du maître et autres nouvelles, *Henry James*
P2156. La Route, *Cormac McCarthy*
P2157. À genoux, *Michael Connelly*
P2158. Baka !, *Dominique Sylvain*
P2159. Toujours L.A., *Bruce Wagner*
P2160. C'est la vie, *Ron Hansen*
P2161. Groom, *François Vallejo*
P2162. Les Démons de Dexter, *Jeff Lindsay*
P2163. Journal 1942-1944, *Hélène Berr*
P2164. Journal 1942-1944 (édition scolaire), *Hélène Berr*
P2165. Pura vida. Vie et Mort de William Walker,
Patrick Deville
P2166. Terroriste, *John Updike*
P2167. Le Chien de Dieu, *Patrick Bard*
P2168. La Trace, *Richard Collasse*
P2169. L'Homme du lac, *Arnaldur Indridason*
P2170. Et que justice soit faite, *Michael Koryta*

P2171. Le Dernier des Weynfeldt, *Martin Suter*
P2172. Le Noir qui marche à pied, *Louis-Ferdinand Despreez*
P2173. Abysses, *Frank Schätzing*
P2174. L'Audace d'espérer. Un nouveau rêve américain
Barack Obama
P2175. Une Mercedes blanche avec des ailerons, *James Hawes*
P2176. La Fin des mystères, *Scarlett Thomas*
P2177. La Mémoire neuve, *Jérôme Lambert*
P2178. Méli-vélo. Abécédaire amoureux du vélo, *Paul Fournel*
P2179. Le Prince des braqueurs, *Chuck Hogan*
P2180. Corsaires du levant, *Arturo Pérez-Reverte*
P2181. Mort sur liste d'attente, *Veit Heinichen*
P2182. Héros et tombes, *Ernesto Sabato*
P2183. Teresa l'après-midi, *Juan Marsé*
P2184. Titus errant. La Trilogie de Gormenghast, 3
Mervyn Peake
P2185. Julie et Julia. Sexe, blog et bœuf bourguignon
Julie Powell
P2186. Le Violon d'Hitler, *Igal Shamir*
P2187. La Mère qui voulait être femme, *Maryse Wolinski*
P2188. Le Maître d'amour, *Maryse Wolinski*
P2189. Les Oiseaux de Bangkok, *Manuel Vázquez Montalbán*
P2190. Intérieur Sud, *Bertrand Visage*
P2191. L'Homme qui voulait voir Mahona, *Henri Gougaud*
P2192. Écorces de sang, *Tana French*
P2193. Café Lovely, *Rattawut Lapacharoensap*
P2194. Vous ne me connaissez pas, *Joyce Carol Oates*
P2195. La Fortune de l'homme et autres nouvelles, *Anne Brochet*
P2196. L'Été le plus chaud, *Zsuzsa Bánk*
P2197. Ce que je sais… Un magnifique désastre 1988-1995.
Mémoires 2, *Charles Pasqua*
P2198. Ambre, vol. 1, *Kathleen Winsor*
P2199. Ambre, vol. 2, *Kathleen Winsor*
P2200. Mauvaises Nouvelles des étoiles, *Serge Gainsbourg*
P2201. Jour de souffrance, *Catherine Millet*
P2202. Le Marché des amants, *Christine Angot*
P2203. L'État des lieux, *Richard Ford*
P2204. Le Roi de Kahel, *Tierno Monénembo*
P2205. Fugitives, *Alice Munro*
P2206. La Beauté du monde, *Michel Le Bris*
P2207. La Traversée du Mozambique par temps calme
Patrice Pluyette
P2208. Ailleurs, *Julia Leigh*
P2210. Trans, *Pavel Hak*
P2211. Peut-être une histoire d'amour, *Martin Page*
P2212. Peuls, *Tierno Monénembo*